我讨厌书

［加］玛秋莎·帕基 / 著

［加］琳妮·弗兰森 / 绘

萧　晶 / 译

长江出版传媒 ｜ 长江少年儿童出版社

有一个女孩名叫米娜。如果你看过大百科全书，你会发现，"米娜"在古代梵文中是"鱼"的意思。不过，米娜可不知道这些，因为她从来不看书——她讨厌所有的书，更讨厌去读什么书。

米娜常常叫喊："这些该死的书，老是挡我的路！"的确，她家里到处堆的都是书。该放书的地方有书，不该放书的地方也有书。

化妆台、抽屉里和桌子上有书，壁橱、碗柜、衣柜里有书，还有沙发、楼梯、椅子上，甚至连壁炉里也都塞满了书。

更糟的是，她的父母总是往家里带回更多的书。他们还不断地买书、借书和预订书，你看看吧——吃早餐时他们看书，吃午餐时他们看书，吃晚餐的时候他们还是看书。爸爸妈妈很想让米娜也加入读书的行列，可米娜总会跺着脚尖叫："我讨厌，我讨厌书！"爸爸妈妈把书里的故事读给她听，米娜却用手捂住自己的耳朵，大声说："我讨厌，我讨厌书！"

如果说，在这个世界上还有谁比米娜更讨厌书，那就只有麦克斯——米娜的小猫了。很久以前，当麦克斯还是只小奶猫的时候，一本地图册从天而降，砸在它的尾巴上。打那以后，麦克斯的尾巴就变成烟斗模样了。所以，麦克斯每次都尽可能地站在书的上方，免得它们再落下来砸到自己！

有天早上，米娜像往常一样，挪开洗脸池里的书去刷牙，然后走到厨房找吃的。她先在一堆字典上拿到了麦片粥，再打开冰箱，从一叠杂志里找到牛奶。她给自己和麦克斯倒了点牛奶，然后大声叫道：

"麦克斯，吃早餐啦！"

可是，麦克斯没有像往常一样立刻跑过来。米娜又叫了一遍："麦克斯，快来吃早餐！"可它还是没有来。

"跑到什么鬼地方去了？"米娜嘀咕着。她在浴缸里找了找，又看了看烘干机的背后，还有楼梯下、座钟上。可这些地方只有书，根本就没有麦克斯的踪影。

突然，米娜听到一声大叫："喵呜！"她赶紧跑进餐厅，天啊，麦克斯竟站在她们家最高的那摞书上。那些都是米娜的父母给她买回来，而她根本没有碰过的书。最底下的那本有着漂亮封面的书，是她还是小婴儿的时候，爸爸妈妈为她买来的；夹在中间的是字母表和儿歌集；最上面的是童话和冒险故事。这些书高得几乎都要挨着天花板啦，而且，它们全都蒙上了一层厚厚的灰尘。

"别担心，麦克斯，我来救你！"米娜说着就准备往书上爬。开始的时候，踩在那些厚重的书上，米娜还觉得就像爬楼梯一样容易，可是，当她踩到一本薄薄的诗集时，脚下一滑，失去了重心，立刻摔了下来。

只听"哗啦"一声，所有的书都飞了起来，又噼里啪啦地落了下去。哦，真是糟透了！装订的书线被摔断了，里面的书页也摔散了。而最最奇怪的是：书里面的人和动物，居然全从书里跑了出来，掉到了地板上！他们一个接一个，推来搡去，弄翻了椅子，冲散了书本，把小小的房间挤得满满当当的。

王子、公主和仙女，青蛙、大野狼和三只小猪，还有圆木上的怪兽，他们全都从书里跑了出来。蛋头先生飞到了空中，被摔成两瓣，落在鹅妈妈和紫色长颈鹿的后面。还有大象、国王、小精灵，它们不知怎么搞的，和一群猴子相互缠到了一块儿。

而最最多的是兔子：野兔、白兔、戴帽子的兔子——它们遍地都是，什么种类的都有，而且还在源源不断地从书里跳出来。

米娜惊奇得目瞪口呆地坐在地板上。当另外六只兔子从她身边的书里钻出来时，她自言自语地说："天哪！这些书里的文字怎么都变成兔子了？"

现在，她简直不敢相信自己的眼睛了：这还是家里的餐厅吗？大象正站在饭桌上，用盘子表演着杂技；猴子们扯下窗帘当帽子戴；而兔子们正在一点一点地咬着桌子腿呢。

米娜大叫:"快停下来!都给我回去!"可她的声音很快就淹没在汪汪的狗叫声、呼噜呼噜的喘息声、还有咚咚的敲击声中了,没有谁听得到米娜在说什么。她抓起离她最近的一只兔子,想把它塞进一本烹饪书里。可小兔子被吓坏了,它挣脱着从米娜的手中跑掉了。米娜又打开另外一本书,四只鸭子从里面摇摇摆摆地走了出来。她连忙把书关上,尖叫起来:

"不行,这样不行!天知道它们是从哪本书里跑出来的!"她想了想,又说,"算了,我干脆一个一个地问,看看它们到底生活在哪个故事里。"

LA CUISINE
DES
ENFANTS

于是，她从一个完全不认识的奇怪动物开始问道："你是谁？""我是代表字母A的土豚。"那个动物气呼呼地说着，还把脚重重地踩在字母书上。

米娜又在桌子下面找到一只浑身湿透的狼，便问它是哪个故事里的。大灰狼哭丧着脸叹了口气说："唉！我也弄不清，自己到底是《三只小猪》里的狼，还是《小红帽》里的狼……"它一边说，一边用桌布擦了擦鼻涕。有什么办法呢，米娜压根儿就没读过那两本书，她也不知道答案啊。

这时，米娜想出了另一个办法。她拿起手边的一本书，高声地读了起来："很久很久以前，在一个很远的地方……"

渐渐地，这些动物停止了嬉笑打闹，也停止了咆哮和争吵。它们慢慢地、慢慢地聚拢过来，因为它们也想知道，故事里到底发生了什么事情呢。接着，它们就坐成了一个圆圈，开始专心地听米娜讲故事了。

当米娜念到第二页的时候，小猪们欢呼雀跃起来，"那是我们耶，"它们叫道，"她在念的那页是我们的故事，我们的书耶！"它们跳出圆圈，钻过米娜的膝盖，消失在了书里。米娜"啪"的一下就把书合上了，生怕它们会再从书里跑出来。

她又拿起了另外一本书。就这样，米娜开始一本一本地读起故事书来。当然啦，动物们也一个又一个回到了属于它们的故事书里。

最后，只剩下一只穿着蓝色外套的兔子了。米娜慢慢拿起一本书，书的名字是《彼得兔的故事》。"或许我可以把它留下来呢。"米娜想。当大家都回到属于自己的故事里后，她开始觉得有点孤单了。

小兔子可怜巴巴地站在米娜面前，抽动着鼻子，不停地跺着脚。看得出，它是多么急切地想回家啊。米娜重重地叹了口气，翻开最后一本书。小兔子摇了摇尾巴，单脚跳进书中，眨眼间就不见了。

房间里安静下来了。只有麦克斯还坐在书上，好像想在光洁的封面上看清自己的脸。米娜叹了口气说："唉，我再也看不到那些可爱的兔子了。"

忽然，米娜又笑了起来，因为她看到，那些故事书都还躺在地上，陪伴在她的身边呢。

那个午后，当米娜的父母回到家时，他们几乎不敢相信自己的眼睛了。当然，让他们吃惊的，不是被扯掉的窗帘，不是被打破的盘子，也不是被咬掉的桌腿，而是他们看到：米娜，那个讨厌书的女孩，正坐在屋子的中间，专心地读着书呢。